寂静

The Silence

Don DeLillo

[美国] 唐·德里罗 著

夏开伟 译

译林出版社

献给

芭芭拉·本尼特

我不知道第三次世界大战将用什么武器，但第四次肯定会用木棍和石头。

——阿尔伯特·爱因斯坦

目录

[第一部]

1

词语，句子，数字，距离目的地。

男人按下按钮，笔直的座椅开始后仰。他意识到自己正抬头盯着最近的小屏幕，它就装在座位上方的行李架之下。词语和数字随着飞机的航程不断变化。高度、气温、速度、抵达时间。他想睡觉，但眼睛却一直看着屏幕。

巴黎时间。伦敦时间。

“看。”他说。女人微微点头，手不停地在一个蓝色的小笔记本上写着。

他开始大声念出词语和数字，因为这样做毫无意义，毫无效用：他留意这些变化的细节，仅仅是为了在头脑与飞机的双重嗡鸣声中失去它们。

“好吧。三万三千零二英尺的高空，太棒了，分毫不差，”

他自言自语道，“舱外温度零下五十八摄……”

他戛然而止，等她补充“摄氏度”，但她盯着跟前托盘桌上的笔记本，思索了片刻便继续写。

“好吧。纽约时间十二点五十五分。没说是上午还是下午。没必要告知我们。”

关键是睡眠。他需要睡眠。但词语和数字却袭扰不断。

“抵达时间十六点三十二分。时速四百七十一英里。距抵达目的地还有三小时三十四分。”

“我在想刚刚的主菜，”她说，“还有用蔓越莓汁调制的香槟。”

“但你没点。”

“听着有些做作。但我还盼着待会儿飞机上的司康饼。”

她边说边写。

“我想正确无误地说出这个词，”她说，“一个缩写的字母o，相应的发音是与scot和trot中的一致，还是与scone和moan中的一致？”

他看着她写。她是否在记录自己说过的话，他们俩说过的话？

她说："摄氏[①]。大写的C。它是某人的姓氏。记不得他的名字了。"

"好吧。那么vitesse[②]呢？ Vitesse这个词是什么意思？"

"我在思考摄氏和他对温度的测量。"

"接着是华氏[③]。"

"对，还有他。"

"Vitesse到底什么意思？"

"什么？"

"Vitesse。"

"Vitesse。速度。"她说。

"Vitesse。每小时七百四十八千米。"

---

① 摄氏，原文为Celsius。"摄氏温标"（简写为大写字母C），取名自发明者安德斯·摄尔西乌斯（Anders Celsius）。——译注，后同。

② 法语，意为"速度"。

③ 华氏，原文为Fahrenheit。"华氏温标"（简写为大写字母F），取名自发明者丹尼尔·加布里埃尔·华伦海特（Daniel Gabriel Fahrenheit）。

他叫吉姆·克里普斯。但在搭乘本次航班的时间里，他的名字就是他的座位号。这是根深蒂固的程序，他自己的程序，与登机牌上印着的数字保持一致。

“他是瑞典人。”她说。

“谁？”

“摄氏先生。”

“你偷看了手机？”

“明知故问。”

“这些东西从你记忆深处浮现。当这个男人的名字出现在你面前，我感到了压力。”

“什么压力？”

“告诉你华氏先生的名字。”

她说：“继续看你的高空屏幕吧。”

“本次航班。所有长途航班。每时每刻。百无聊赖。”

“打开你的平板电脑。看部电影。”

“我想聊天。没有耳机。我俩都想聊天。”

“没有耳机，”她说，“聊天与写作。”

她是吉姆的妻子，深色皮肤，泰萨·贝伦斯，加勒比欧亚混血，一位诗人，作品常见于文学杂志。她也会花些时间做线上编辑，和顾问团队一起，解答订阅者从失聪、肢体平衡到痴呆的一系列提问。

此刻，在飞机上，这对夫妻彼此间多数谈话都好似某种自动流程的一项例行程序，由航空旅行本身生成的话语。它们并非房间和饭馆里人们的闲聊。在那些地方，行动受制于重力作用，聊天自由漂浮。在跨越海洋或广袤地块的漫长时间里，句子被修整，带有几分自我装箱的意味。飞机降落在沥青跑道上，向空无一人的登机桥无休止地滑行，那一刻，乘客、飞行员、乘务员和词语都遁入了遗忘之滨。

只有他会记得这个过程的某些部分，他想。半夜，在床上，画面浮现：酣睡之人被裹进航空毯，像是死了，高挑的乘务员询问是否需要为他再添杯葡萄酒，航程结束，安全带的信号灯灭了，一份解脱感，乘客站在走道上，等待，乘务员伫立在出口处，一声声“感谢您的乘坐”和一次次颔首，漂洋百万英里的微笑。

“找部电影。看部电影。”

“我也困。距离目的地一千六百零一英里。伦敦时间十八点零四分。时速四百六十五英里。不论出现什么我都会读出来。飞行时间三小时四十五分钟。”

她说：“比赛何时开始？”

“六点三十开场。”

“我们能按时到家吗？”

“我难道没报读屏幕吗？抵达时间几时几分。”

“我们在纽瓦克降落，别忘了。”

比赛，下辈子她可能会喜欢。航班，她希望到达目的地，直接略过中间这段经历。会有人喜欢长途航行吗？她显然不是这类人。

“巴黎时间十九点零八分，”他说，“伦敦时间十八点零八分。时速四百六十三英里。与刚才比，我们每小时慢了两英里。”

“那好吧，我来告诉你我在写什么，很简单，一些我们见过的东西。”

“用什么语写？”

“初级英语。奶牛跳到月亮上。”[①]

“我们有小册子、小书和成套的书籍。”

“我需要在自己的文字中看到它，或许从今天起的二十年后吧，如果我还活着，并发现了某些被忽略的东西，某些我现在还无法察觉的东西，如果我们都还活着，二十年后，十年后。”

“打发时间。我们也可以这样。”

“打发时间。招人生厌。为生而生。”

“好吧。舱外温度零下五十七华氏度，”他说，“我尽力标准地读出初级法语。距离目的地一千五百七十八英里。

---

① 原文为The cow jumped over the moon。源自《鹅妈妈童谣集》(*Mother Goose*)中的《哈，稀奇，稀奇》(*Hey, Diddle, Diddle*)一则。

我们应该联系接机服务。”

“我们随时可以打车。”

“所有这些人，乘坐这样一趟航班，他们都有车接。一大群人在出口处摩肩接踵。他们心里知道要去哪儿。”

“他们托运了行李，大多数人，至少是有些人。我们没有。我们有优势。”

“伦敦时间十八点十一分。抵达时间十六点三十二分，和上次显示的最终抵达时间一致。真令人宽慰，就我看来。巴黎时间十九点十一分。飞行高度三万三千零三英尺。飞行时间三小时十六分钟。”

念出这些词语和数字，大声念出来，念出细节，让这些标记存活片刻，让它们在公共场合受到注视，或者主动为人注意到——他觉得，这是一次关于地点与时间的有声扫描。

她说：“闭上眼。”

“好的。时速四百七十六英里。抵达时间。”

她是对的。我们不去托运行李，可以把它们直接塞进头上的行李架里。他看着屏幕，忽然想起比赛，可是忘了泰坦队的对手是谁。

抵达时间十六点三十分。舱外温度零下四十七摄氏度。巴黎时间二十点十三分。飞行高度三万四千零二英尺。他喜欢这“零二英尺”。绝对值得注意。外部空气温度零下五十三华氏度。飞行距离。

海鹰队，毫无疑问。

克里普斯是个高个男子名，他也的确长得很高，是的，但这只是种含糊的匹配，这名字很容易满足他想要保持平庸的需求。他不是那种要在人群中伸个头扬扬自得的人，只是个弓着身的默默无闻之人。

他接着回想起登机的流程，所有乘客都最终就座，餐点随即分发，配送到手的温湿毛巾、牙刷、牙膏、袜子、水壶、与毯子配套的枕头。

他是否会在这些分发给他的东西中察觉到一丝羞耻？长途航行中经济舱的狭窄空间会给他们带来不适，为了规避这种体验，这次他们不顾开销选了商务舱。

眼罩，面霜，摆满红酒和烈酒的推车，一位乘务员不时推着它穿梭于过道。

他看着晃动的屏幕，感到自己为一阵哑然的沉溺所掣肘。他认为自己是不折不扣的游客。飞机、火车、饭店。他从未想过要西装革履，那就好似手工捏造了一个虚假的第二自我。镜子里的男子，当他见着自己修整边幅后的样子，印象深刻。

“是哪天下的雨？”她问。

“你要把雨天留在你的记忆之书上。下雨天，变成永恒。假日的意义就在于精彩地度过。这是你跟我说的。把最好的部分记在心里，生动的每时每刻。漫漫信步，美味佳肴，红酒吧，夜生活。”

他丝毫不在意自己在讲些什么，因为他明白这都是些陈腐的论调。

“卢森堡公园，西岱岛，巴黎圣母院，即使损毁严重，但依旧存在，蓬皮杜中心。我还留有票根。”

“我需要知道是哪天下的雨。它关系到多年后翻阅这些笔记时，我是否还能看见精确之处，看见细节。”

“你无法自已。”

“我不想自已，”她说，“我只想回家，然后面对空墙。”

“距抵达目的地还有一小时二十六分。我会告诉你我忘了什么。这条航线的名称。两周前，出发，不同的航线，没有双语屏幕。”

“但你对着屏幕很快乐。你喜欢你的屏幕。”

“它能帮我远离噪声。”

一切早已注定，长途航班，我们的思想语言，我们沉浸在弥久不散的单一声音中，引擎的呼啸，我们如何接受适应它的必要性，即使难以忍受，我们依旧忍受。

一把满足乘客按摩需求的椅子。

“说到记忆。我现在想起来了。”她说。

“什么？”

“这记忆不知从何而来。安德斯。”

“安德斯。”

“摄氏先生的名字。”

“安德斯。”他说。

“安德斯·摄尔西乌斯。”

她对此很满意。记忆不知源自何处，而那个何处几乎空无一物。当一个忘却的事实浮现且没有数码技术帮助、每个人在对他人谈及这个东西的时候，他们似乎都在凝望远方，一个已知却又已失落的异世界。

“本次航班上的孩子们还真老实。”他说。

“他们知道自己坐的不是经济舱。他们懂规矩。”

她边说边写，低着头。

“好吧。高度一万三百六十四英尺。纽约时间十五点零二分。”

“除了我们正在飞往纽瓦克。”

“我们不需要把比赛一分不落地看完。”

“我不用。”

“我不用。”他说。

“不，你肯定要。”

他决定睡上半小时，或者睡到降落前乘务员带着零食出现时。茶水和甜点。飞机开始左右晃动。他知道自己应该无视飞机的晃动，知道泰萨会耸耸肩说——至少到目前为止飞行都很平稳。安全带的信号灯亮起红光。在他系紧自己的安全带、盯紧屏幕的时候，她俯身前伏，身子几乎折成了笔记本的样子。晃动愈加剧烈，高度、气温、速度，他继续看着屏幕但却一言不发。他们浸没在嘈杂声中。一位女子顺着过道踉跄前行。她刚上完厕所想回到前排，扶着座椅靠背以保持平衡。内部通话系统传来声音，一位飞行员在讲法语，随即一位乘务员讲英语。他觉得自己应该继续大声朗读屏幕上的字，在精神与身体均十分窘迫之时决定这么做可真是锲而不舍、傻里傻气。她现在看着他，停了笔看着他，而他突然想起自己应当调直椅背。她坐得笔直，已经将食物托盘收起，并牢牢地卡在座椅凹陷处，把笔记本和笔都放入了座椅收纳袋中。他们下方某处发出一声巨响。屏幕黑了。飞行员讲起法语，不带英文解释。吉姆紧握座椅扶手，接着检查了泰萨的安全带，随后又再次勒紧自己的安全带。他想象着每位乘客都在期待六点的新闻，国内的第四频道，等着播放他们这班客机坠毁的消息。

“我们害怕了吗？”她问道。

他让问题继续悬在空中，心里想着茶水和甜点，茶水和甜点。

2

让冲动支配逻辑。

这是赌徒的信条，他信仰的正式宣言。

他们正坐在巨屏电视机前等着。戴安娜·卢卡斯和马克斯·施滕纳。这个男人长期豪赌体育赛事，而这恰是本季度橄榄球赛的决赛，美式橄榄球，两支队伍，每队十一名成员，一百码长的矩形赛场，两端各有自己的门球线和门球柱，唱国歌的人小有名气，六架美国空军雷鸟战斗机掠过体育场上空。

马克斯习惯了久坐，附着在他的扶手椅表面，坐着，看着，每当点球失败或失球时他都要无声咒骂。这些咒骂从他刀口般细窄的眼睛中透出来。他的右眼近乎合拢。随着赛况和赌注大小的变化，他的整张脸也许都会挂满咒骂，仿佛这是一生的遗憾，双唇紧锁，下颌微颤，鼻子四周的皱纹开始拉长。他一言不发，神经与肢体紧绷着，右手搭在左前臂上，像类人猿一样挠着，手指抠进肉里，这是灵长目动物的风格。

今天，2022年第五十六届超级碗比赛正在进行，戴安娜坐在马克斯五英尺开外的摇椅上。他们的中后方是她以前的学生马丁，三十出头，坐在一把厨房用椅上弓身微微前倾。

广告，播送中断，赛前废话。

马克斯扭头说道："钱就在那儿，分差拉开就下注，但我也意识到平局的存在。不论赛场上发生什么，我都会牢牢记着分差，但也因此忘记了下注的事。"

"出手可阔绰了。但实际数额，"戴安娜说，"也就他自己心里有数。那可是块圣地。我还等着他先走一步，等着他用最后一口气告诉我，我们在一起的这么多年里，他到底让多少钱打了水漂。"

"问问她我们多少年了。"

年轻人缄口不言。

"三十七年了，"戴安娜回应道，"倒不是说不幸福，但我们却一起陷在日常生活糟糕的乏味中，终有一天会忘记对方的名字。”

接着是一波广告，戴安娜看着马克斯。啤酒、威士忌、花生、香皂和苏打水。她转头朝向年轻人。

她说：“马克斯一直盯着电视。他成了一名没有任何购买欲的消费者。接下来三到四个小时里会有一百条广告。”

“我会看广告。”

“他不笑也不哭。他就看着。”

另外两把椅子，摆在这对夫妻的两侧，是给迟到者留的。

马丁总是很守时，衣着讲究，脸刮得干干净净，独居在布朗克斯区，在那儿的一所中学教物理，走在大街上也丝毫不起眼。那是一所特许学校，学生资质不凡，而有些离经叛道的他充当着他们科目中众多奇迹的引路人。

“或许在中场休息的时候我要去吃点什么，”马克斯说，“但我还要继续看。”

“他也会听。”

“我会看，我也会听。”

“声音调得很低。”

“像现在这样。”马克斯说。

“我们可以聊会儿。”

“我们说话，我们聆听，我们进食，我们豪饮，我们观看。”

多年来，戴安娜一直苦口婆心地劝说这位年轻人要实际些。他几乎没坐在椅子上，似乎仅仅只是间歇性在场。他的古板不可复制，和周遭的人格格不入，但又不老套乏味或浅薄。这个男人痴迷于对《爱因斯坦1912年狭义相对论手稿》（以下简称《1912年手稿》）的强迫症式的研究。

他常会堕入苍白的心醉神迷之中。这会不会是种病态？一种无法根治的顽疾？

屏幕上，一位解说员和一位前教练在讨论两名四分卫。马克斯喜欢抱怨这种将职业橄榄球队简化为两个人的做法，虽然比起在两支队伍间不断切换，这种做法的确更容易操作。

离开赛还差一支广告。马克斯站起来活动了下上半身，向这边转转，朝那边扭扭，尽力扭转到极限，双脚稳稳扎在原地，随即直直盯着前方足足看了十秒。他一坐下，戴安娜就点了点头，好似在准予屏幕上的赛程按原计划进行。

镜头扫过观众。

她说："试想我们就在现场，坐在体育场高处看台的某处。这个体育场叫什么来着？以哪个公司还是哪个产品命名的？"

她抬起一只手臂，示意暂停的同时琢磨着为这个体育场取个名字。

"本策德雷克斯·纳萨尔·迪康杰斯坦特纪念体育场。"①

马克斯做了一个鼓掌的手势，但两只手都没碰上。他想知道另外二人在哪里，他们的航班延误了吗？交通出错了

① 原文为The Benzedrex Nasal Decongestant Memorial Coliseum。Benzedrex是一种非处方药，主要成分为六氢脱氧麻黄碱，可治疗鼻塞(Nasal Decongestant)。

吗？他们是否会在中场休息时带来点吃的和喝的？

“我们的已经够多了。”

“我们可能需要更多。五个人。中场休息很长。唱歌、跳舞、做爱……还有什么？”

两支队伍小碎步登场，走到各自的位置。发球队、接球队。

马丁说：“唯一能让我全身心投入电视屏幕的事件只有世界杯，一场全球性赛事。开球，用脑袋顶球，不要用手碰球。古老的传统。所有国家都深度参与。一个共同信仰的宗教。一支队伍输了，全体球员瘫倒在场地上。”

“获胜队也会倒地。”戴安娜说。

“从一个国度到另一个国度，人群汇聚在广场上，世界杯、欢呼声、掩泣声。”

“瘫倒在大街上。”

“我曾经见过，就一眼。有人假装受伤了，”马克斯说，“如果不能用手，这还算哪门子体育运动？除非你是守门员，否则你是不能用手碰球的。这就好比对正常冲动进行自我压抑。喏，球来了。抓住它，撒腿就跑。这才正常嘛。抓住它，奋力抛出。”

“世界杯，”马丁接过话来，近乎耳语，“我是忍不住要看的。”

接着发生了故障。屏幕上的影像开始晃动。这不是常见的画面畸变。这里出现了纵深，形成了抽象图案。这些图案无法消解为一种有节奏的脉动，一系列基本单位好似冲了过来，随后又撤了回去。长方形、三角形、正方形。

他们边看边听，但什么也听不见。马克斯从他跟前的地板上捡起遥控器，反复用力按下音量键，但还是没有任何声音。

随之而来的是黑屏。马克斯用力按下电源键。开、关、开。他和戴安娜查看了下手机，没有信号。她径直走出房间去找座机，固定电话，一件令人唏嘘感伤的残余物。没有拨号音。笔记本电脑，毫无反应。她走向另一个房间里的电脑，摸索过各式各样的东西后屏幕依旧亮不起来。

她回到马克斯那儿，站在他身后，双手搭在他肩上，等着他攥紧拳头开始破口大骂。

他平静地说道："那我的赌注怎么办？"

他看向马丁想要一份答案。

"一大笔钱啊。我的注下哪儿了？"

马丁说："这就是算法支配，是那个国家的人。他们也看超级碗。他们也玩美式橄榄球。千真万确。我们才是天大的笑话。他们开启一场选择性的互联网末世。他们正在看比赛，但我们却看不到。"

马克斯转头盯着戴安娜看。他又坐了下来，看向马丁。马丁并非一个会调侃严肃问题的人，或者说，只有他自己觉得这些问题滑稽得很？

就在刚刚，黑屏上传来一段对话。他们试图确认那是什么。英语？俄语？汉语普通话？粤语？对话消失后，他们等着后续。他们盯着屏幕，竖起耳朵。

“这不是地球上的语言，”戴安娜说，“是外星语。”

她也拿不准自己此时是否在开玩笑。她提到军用喷气机在十到十二分钟前曾掠过体育场上空，好吧，管它多久前。

马克斯说：“每年都有。我们的飞机，一场仪式般的掠过。”

他念叨着最后一个词组，看着马丁，希望他能肯定自己措辞的高超。

他接着说：“一场过时的仪式。我们早已无法用橄榄球来比拟战争了。按罗马数字编排的世界大战，按罗马数字编排的超级碗。战争是些别的东西，爆发在别的地方。”

“看不见的网络，”马丁说，“变化每分钟、每微秒都有，以我们无法想象的方式发生。看看这块黑屏，它掩藏了什么？”

戴安娜说：“没有人会比中国人更聪明，除了马丁。”

马克斯兀自看着这位年轻人。

“说点聪明的。”他说。

“他没日没夜地引用爱因斯坦。听着就觉得智力非凡吧。”

“好吧,《1912年手稿》里的一条脚注:‘曼妙轻盈的空间和时间的概念。’尽管听起来并不高明,但我会不断地重复。”

“用英语还是德语?”

“看情况。”

“空间和时间。”她说道。

“空间和时间。时空。”

“你在课堂上引用了很多脚注。你消失在脚注里。爱因斯坦、海森堡、哥德尔。相对性、不确定性、不完整性。我真愚蠢,竟会试图想象所有城市的所有房间里都在播放比赛。所有人都在聚精会神地看着,或者像我们这般坐着,满脸疑惑,为科学、技术和常识所离弃。”

她凭着一股冲动借过马丁的手机,觉得它或许更能应付现状。她看着马克斯。她想给他们的女儿打电话了:一个在波士顿,已婚,两个孩子;另一个在欧洲某地度假。她按下按键,甩了甩这玩意儿,直直地盯着它,用大拇指指甲使劲戳。

没有任何反应。

马丁说:“在智利某处。”

她等着下文。

他说:“不论理论家们就引力波、超对称性和诸如此类的东西揭露了什么,预测了什么,抑或设想了什么,我只信爱因斯坦。爱因斯坦和空间中的黑洞。他提过黑洞,我们也见过黑洞。那可比我们的太阳要大上数十亿倍。他好几十年前就提过。他的宇宙成了我们的宇宙。黑洞。视界。原子钟。看见不可见之物。智利中北部。我刚有提过吗?”

“你什么都说了。”

“大口径全景巡天望远镜。”

“在智利某处。你刚提过。”

马克斯假装在打哈欠。

“我们还是回到此时此地吧。我们于此面对的是信号中断。它影响到了这幢建筑,或许还波及了整片区域,其他地方和其他人却不受干扰。”

“那我们该怎么办？”

“我们得和住在这幢建筑内的人谈谈。我们所谓的邻居。”他说。

他看着她，然后站了起来耸耸肩，随即走了出去。

余下二人静坐了片刻。她突然意识到自己不知该如何安静地坐在马丁身旁。

“吃点什么吧？”

“还是等到中场休息吧，如果还有中场休息的话。”

“爱因斯坦，”她说，“那份手稿。”

“对，那些被他删除的词语和短语。我们可以知晓他是如何思考的。”

“还有呢？”

“手写文本的本质。数字、字母和词组。”

“什么词组？”

“磁场所施展的力。能量惯性的定理。”

“还有呢？”

“世界点。世界线。”

“还有呢？”

“Weltpunkt。Weltlinie[①]。”

“还有呢？”

“只有在临近书的末尾处，空白的影印纸才会越来越少。”

“还有呢？”

“一个书套，一个精装书壳，页面为十乘十五英寸。一本大块头，我掂了掂分量，一面面翻页，一页页扫描。”

“还有呢？”她说。

“这就是爱因斯坦，他的手写笔迹、他的公式、他的字母和数字。每一页都是纯粹的物理学之美。”

这段交流在某种程度上有点情色。他反应敏锐，声音透

---

① 德语，意为“世界点。世界线”。

着赤忱,渴望有人能够维系那份真正重要的东西。

她继续直直地看着前方的黑屏。

“还有呢？还有呢?”

“六个字。”

“哪六个?”

“速率加法定理。”

“重复一遍。”

他又说了一遍。她还想再听一遍,但她还是决定就此打住。师生角色在二人间发生了颠倒。

马丁·德克尔。他的全名,或者说是全名的绝大部分。她合上双眼,默念了一遍这个名字。她自语着:“马丁·德克尔,你是否会永世孤独?”黑屏仿若一种可能的答复。

她又转头望着他。

“那他去哪儿了？其余人在哪儿?”

“其余人有谁?”

“那两把空椅。算是老朋友了。丈夫、妻子。我想应该是从巴黎回来,或者罗马。”

“或者智利中北部。”

“智利中北部。”

马克斯回来了,径直穿过房间走向窗户,看着楼下周日空荡的街道。他们谈起他刚敲过的门还有他刚经过的门。这便成了主话题,镶板结构的门值得好好描述一番,它们有的遭到了磨损,有的粘了些脏东西,有的最近刚刚刷漆。这一层,附近的邻居,为什么都这么做?下一层,五户人家,三户回应,他说道,他举起手,伸出三根手指。再下一层,四户回应,有两户提到了比赛。

“我们在等。”她说。

“他们看到了我们看到的,听见了我们听见的。我们站在走廊里,初次成了邻居。男男女女,我们纷纷点头致意。”

“你们有自我介绍吗?”

“好吧。是个好问题。电梯还能用吗?”

“我走的楼梯。”

“好吧。那有人知道是怎么回事吗?”

“就是技术问题。没有人怪那个国家的人。系统故障,同时伴有太阳黑子。这是个正经的回答。有个家伙在抽烟斗。好吧,我没有告诉他这幢建筑内不许吸烟。”

“因为你自己也抽,偶然来根雪茄。”她看着马丁说。

“太阳黑子,一种强大的磁场。我盯着他。”

“你的眼神给他判了死刑。”

“他说专家们会来做些调试。”

马克斯继续待在窗边,轻声念叨着他最后说的那句话。

戴安娜等着马丁开口。她知道自己想让他说什么。但他却一言不发。见此,她试着用开玩笑的语气提问。

“世界文明的陨落就该这般随意地被接受吗?”

她勉强挤出笑声,等着有谁来说点什么。

3

生命的无限乐趣让我们忘却畏惧。

面包车穿过寂静的街道，在车内，吉姆等着泰萨看他，这样他们方能交换眼神。

车内塞满了其他乘客，两名飞机乘务人员。一名男子用法语自言自语，一名男子在讲电话，不断晃动手机，骂不绝口。有些人，不断呻吟。还有些人，很安静，试图回忆刚才的经历，他们是谁？

他们是堆颤动的金属、玻璃和生命，从天而降。

有人说：“我们从空中坠落。真不敢相信我们竟然像那样飘在空中。”

另一个人说：“我不明白要怎样才算是飘，或许一开始是，但我们算是硬着陆。”

“我们没走飞机跑道吧？”

“迫降。熊熊大火，”一名女子说，“在我们滑行时，我朝舷窗外看了一眼。机翼都着火了。”

吉姆·克里普斯试图记起自己见着的东西。他努力回忆恐惧的攫噬。

他的额头有道口子，一处划痕，现已止血。泰萨还在盯着伤口看，就差直接摸上去了；或许她觉得只有摸一摸才能帮助他们铭记那一刻。抚摸、拥抱、无止无休地交谈。他们的手机都没了信号，但这很正常。乘客中有人折了一只胳膊，还碰掉了几颗牙。另一些人也受了不同程度的伤。司机告诉他们正在前往门诊部。

泰萨·贝伦斯。她知道自己的名字。她有驾照、现金和大衣，但没了行李、笔记本，不知如何过的海关，忘了当时的恐惧。她试图清晰记起刚刚发生的事情。吉姆在这儿，他的陪伴是针强心剂，这个男人在一家保险公司当理赔人。

这为何令她感到宽慰？

即使这天又冷又暗，街上还是有人在慢跑，这个女人穿着短裤和短袖在自行车道上不紧不慢地跑着。他们不时经过一些路人，行色匆匆，神情冷漠，人们彼此都懒得瞥上一眼。

“只需一场雨，”吉姆说，“我们便会发现自己是电影中的角色。”

机舱的乘务人员很安静，身上的制服有些凌乱。面包车里有人向他们提了三两个问题。无关痛痒的回复，随后索性连回复都没了。

“我们得时刻记得提醒自己——我们还活着。”泰萨说，声音大到别人都能听清。

那名讲法语的男子开始向司机提问。泰萨试图为吉姆翻译。

司机开始减速，车子开始与慢跑的女子并行。对于那些问题，他没有用任何语言进行回复。一位年长男性说自己得上个厕所。但司机并未提速，他显然有意和慢跑者同行。

女人就这么跑着，直直地看着前方。

4

圣徒和天使在午夜萦绕于空空如也的教堂，

它们早已为白日里蜂拥而至的虔诚游客所遗忘。

马克斯坐回到他的椅子，不断咒骂现状。他继续看着黑屏，嘴里不断说着活见鬼了，或者真活见鬼了，或者真他妈活见鬼了。

戴安娜坐的位置可以同时看到这两个男人。她跟马克斯说，现在正好去准备点中场休息吃的零食。现在可以开始准备了，不是吗？再等几分钟信号就恢复了，比赛照常进行，她随后又说连自己都不会相信这些鬼话。

马克斯走向了酒柜而不是厨房，他给自己倒了一杯名为“寡妇简[①]”的波本威士忌，这瓶酒在美国橡木桶里酿制了十年。

---

① 原文为Widow Jane。

他通常会向房间里的任何人宣布这一事实。在美国橡木桶里酿制了十年。他喜欢说这类话，语气还暗自带有些许讥讽。

他这回什么都没说，也没有给马丁来上一杯。他的妻子喝酒时需要的是晚餐，而不是美式橄榄球。

他又嘀咕了好几遍见鬼了，然后坐了下来盯着屏幕看，手握玻璃杯，等待着。

戴安娜看着马丁。她就喜欢这么做。她佯装自己在研读他。她将他想成是“青年马丁”，某书某章的标题。

接着她柔声说：“拿撒勒的耶稣。”

马丁会像她想象的那样进行回应吗？

“光芒四射的名字啊。”他回应道。

“我们都这么说。你说出这个名字，我也说出这个名字。爱因斯坦怎么说？”

“他说：‘尽管我是个犹太人，但我也为拿撒勒人的这个光辉形象而倾倒。’”

马克斯还在盯着黑屏看。他一边看一边喝着酒。戴安娜设法目不转睛地盯着马丁。她明白拿撒勒的耶稣这个名字带有某种难以捉摸的特质，这将他笼罩在一种光环内。他并不信仰某一特定宗教，也不会对任何超自然力空口无凭的存在而心怀敬畏。

擒住他的是那个名字。那个名字的美。那个名字和那个地方。

马克斯前倾着身体。他似乎想通过意志力诱使一个影像现身屏幕。

戴安娜说："罗马，马克斯，罗马。你记得吧。教堂里奉着耶稣，各个宫殿的四壁和天花板上都绘着耶稣。你的记性比我好。就在那个宫殿里，一队游客从一个房间缓缓挪向另一个房间。巨幅彩绘。众多墙壁和穹顶，尤其是那个宫殿。"

她看着马丁。他体型不小，没人会爱抚这个成熟的男人。她想象他的灵魂正试图挣脱他修长耷拉的躯体，他的双手拍打着，似乎快要从手臂上脱落。她感到一阵愧疚，因为是她让他坐在那把厨房用椅上的，这把椅子连个坐垫也没有。

“我设法让我们混进那队有导游的旅行团，但马克斯不让我这么做。他憎恶导游这个想法。”她说，“彩绘、家具以及陈列长廊上摆放的雕塑，绘有壁画的穹顶，简直是绝妙得无与伦比。”

她现在出神地看着一块空处。

“哪个宫殿来着？”她问马克斯，“你记得的。我忘了。”

马克斯抿了口酒，微微颔首。

在陈列长廊里，游客们头戴耳机，纹丝不动，如同一条条被悬停的生命，他们仰头看着天花板上彩绘的人物，天使、圣徒还有穿好衣服的耶稣，他的华服。

她讲话的时候神情亢奋，头朝后仰，如同一位临时导游。

“那多少年前了，马克斯？”

他只是点了点头。

马丁说："他的华服。我试图想象一件嵌在词语里、皱痕四起的长袍。"

"其他人则手持便携式语音向导，贴在耳畔。语音会以许多种语言播放。我甚至现在还会想到它们，在我入睡前，那些矗在陈列长廊里的静态轮廓。"

"盯着穹顶看。"马丁说。

"马克斯，到底几年前啊？时间一年一年隐去，每分钟我都在变老。"

马克斯说："这支队伍已整装待发、抓住时机。"

他似乎在细细端详着这块黑屏。

年轻男子看向女人，别人的妻子，他以前的教授，他的挚友，这个女人的目光无处可去。

马克斯说："在本轮迅猛的攻势中，锋线队员持续采取猛烈攻击，连续进攻，不断狂轰滥炸。"

她无意打断，又不再想说点什么，什么都不想说，她最终又看向了马丁，仅仅是因为她觉得有必要和某人——任何人——交流一下彼此的困惑。

马克斯大喊："快躲开擒杀，跑快点——被截获了！"

是时候再来点威士忌了，他停下来呷了一口。他对语言的使用很自信，她是这么觉得的，具有广播水准的语言仿佛源自他无意识的深处。数十年来，他的语言已被比赛搅乱，男人们彼此碰撞，男人们把彼此猛地撞倒在地。

"夺球，快夺球，人群开始欢呼，体育场内欢呼雷动。"

只说一半的句子，极简的词汇，重复接上重复。戴安娜试图将其想象成一首宗教素歌，单音部、充满仪式感，但她随后告诉自己这不过是矫情做作的胡话。

马克斯低沉地咆哮，如同人群的声音。

"防——守。防——守。防——守。"

他站起，舒展四肢，坐下，啜了口酒。

"七十七号，管他叫什么，蒙头蒙脑的，不是吗？他朝对手脸上啐了一口，判罚吧！"

他说："这两队基本势均力敌。中场就开始踢凌空球。

可真是场精彩绝伦的比赛啊！”

戴安娜开始有点被触动了。

他说：“攻方教练。墨菲，默里，莫弗雷，连线说点什么吧。”

他一直在讲话，不断变着调子，现在是沉着冷静、有条不紊、充满说服力的语气。

“您想以无线的方式了解一下。有效缓解疼痛与灼伤，让您倍感滋润嫩滑。双倍效果，平价如初。极大降低罹患心脏病和心理疾病的风险。”

接着，又哼起了小曲：“真棒真棒真棒，务必降福降福降福。”

戴安娜看得目瞪口呆。难道是波本威士忌让他说话有了这般抑扬顿挫？满嘴的美式橄榄球术语和广告行话？以前从未发生过这种事，不管是喝波本威士忌、苏格兰威士忌、啤酒，还是抽大麻，都没有发生过。她乐在其中，至少她自己是这样认为的，但这取决于他还要继续广播多久。

难道说是这块黑屏、一种消极的冲动刺激了他的想象，让他感知到比赛正在外太空中的某处进行，在我们现阶段的意识之外，位于某种超出理性的扭曲处，它属于马丁的时间框架，不适用于我们。

马克斯用尖厉的声音说道："有时我希望自己是人类、男人、女人、孩子，如此我方能品尝这美味的梅汁。"

他说："永世身后理财。现在开启您的线上专享服务。"

接下来，"比赛继续，第二个一刻钟，双手、双脚、双膝、脑袋、胸膛、胯部，撞倒别人，被别人撞倒。第五十六届超级碗。我们全民的死亡愿景。"

戴安娜开始和马丁私语，他们没理由不好好聊聊。马克斯耽溺于他的球赛之中，不受任何干扰。

年轻人轻声说："我有一直服药。"

"嗯。"

"口服药。"

"嗯。我们都会吃药。一小粒白色药丸。"

"有副作用的。"

“一小粒或一小片。白色，粉色，管它什么颜色。”

“可能导致便秘。可能造成腹泻。”

“嗯。”她轻声应道。

“可能会让你觉得别人可以窃听你的想法或者控制你的行为。”

“我恐怕还不知道这一点。”

“毫无理性的恐惧。对他人失去信任。我可以向你展示这些副作用。”他说，“这些症状我都有。”

马克斯又开始挠前臂了，这次没用手指，用的是指节。

他说：“从近中场开始就试图越过球门横木得分——假动作、假动作、假动作！”

那个屏幕。戴安娜不断地转来转去，试图确定这是不是块黑屏。不知道为何，眼下的情景令她倍感宽慰。

“进攻推进啊，”马克斯喊道，“埃丝特，快告诉我们发生了什么。”

他现在抬起头，手里握着个幽灵似的麦克风，朝着赛场上方的一个摄影机讲话，他讲话的声调又高又尖。

“我现在就在场边，尽管不断有人受伤，这支队伍还是信心满满。”

“不断有人受伤。”

“没错，莱斯特。我和协调员、前锋、后卫——不管是谁——都聊过了。他们快活得就像头在屎里打滚的猪猡。”

“多谢了，埃丝特。现在，让我们回到比赛。”

戴安娜突然发现马丁在说话，尽管他对话的对象不一定是她。

“我看向镜子，但我并不知道自己正在看的是谁，”他说，“那张脸回过头来看我，它似乎并不是我的脸。但是，那么它又为何要回过头来看？镜子真的是张反射性界面吗？其他人看到的是否也是这张脸？还是说，它只是我捏造的某个东西或某个人？我正在服用的药物是否会释放出另一个自我？我饶有兴致地观测着这张脸。这份兴致还杂糅了些困惑。其他人是否也曾有过这般经历？我们的脸。人们走在大街上看到的是什么？人们彼此相望时看到的又是什么？它是否会是我看到的东西？我们所有人的生命，都是这副模样。人们盯着看。但看到的又是什么？”

马克斯的播报停了下来。他正在盯着马丁看。他们彼此相望，丈夫和妻子。年轻人端详着所谓的中景，细细地端详着，以一种十分克制的方式，继续他的讲话。

“电影是一种逃离的方式。我是这么告诉我的学生的。他们端坐着竖起耳朵。黑白外语片。不知道是什么语言的片子。已遭废弃的死语言，一种亚语系、一门方言、一门人造的语言。不要看字幕。我就这么直截了当地告诉他们。千万别看印在屏幕下方的对话翻译。我们要的是纯粹的电影，纯粹的语言。印度伊朗语系。汉藏语系。人们在交谈。他们漫步、讲话、大口吃、大口喝。黑白双色的对比力量。影像，在视觉上形成的副本。我的学生们呆坐着听着。聪明的年轻男女。但他们似乎从来都不会看着我。”

“他们都在听，”戴安娜说，“这就够了。”

马克斯来厨房将食物装碟。她想出去走走，独自走走，抑或让马克斯陪她走走，让马丁回家。其他人在哪儿？泰萨和吉姆，以及其他所有人，旅客、漫游者、朝圣者、住宅的主人和公寓的业主，以及乡野营地的住宿者。小车和面包车都去哪儿了？为什么听不见交通的嘈杂声？超级碗的周日。难不成每个人都待在家里，或者去了光线昏暗的酒吧和社交俱乐部设法看比赛？试想无数的黑屏。试想无法使用的手机。

那些活在手机里的人怎么办？

马克斯又来了口波本威士忌。戴安娜发现这个年轻人现在正站着，他一扫往常的低头耷脑，脑袋后仰，仰面前视。

她思忖了半晌。

“那些彩绘的穹顶。罗马，”她说，“游客们纷纷仰头谛视。”

“纹丝不动地矗立着。”

“圣徒和天使。拿撒勒的耶稣。”

“那个发出万丈光芒的人啊。那个拿撒勒人。爱因斯坦。”他说。

5

日常生活的症结在于系统的消失。

门诊部是由街面上繁多的走廊与房间杂乱无章地构成的。吉姆和泰萨穿过一扇扇门、安全出口标志、闪烁的红灯和张贴着的手写通知。工作人员匆忙而过，扬起的长套衫下是他们的日常便服。

另一些从面包车上下来的人们也走进了房间，要么开始排队，要么围成一团开始聊天。还有一小撮人逗留在车上，不知前往何方。

有位女士在一个碍手碍脚的幽闭空间里找了张凳子俯身蹲在上面。

“先找院务主任，”泰萨说，“再找医务人员。”

他们跟上一长串队伍，等着见那位女士。走廊灯光昏暗。

过了片刻，吉姆问道：“我们为什么站在这儿？”

“你受伤了。”

“受伤了。在额头上。我忘了。”

“你是忘了。让我看看，”泰萨说，“一道划痕。奇形怪状的。我们在迫降时解开了安全带逃离那个鬼地方，我看见你正在流血。”

“我的头撞上了舷窗。”

“就耐心排队等等吧，看看蹲在凳子上的那位医务人员怎么说。”

“但首先。”

“但首先。”她说。

他们离开了队伍，最后找了间没人的卫生间。就在那么一丁点大的地方，他轻柔地将她按在一面空墙上，她解开自己的大衣和他的皮带，顺势拉下他的长裤和内裤，询问他头还疼不疼。作为回答，他不紧不慢地好好扒下她的衣物。他们开始聊起自己正在做的事情，如何做，在哪儿做，何时做，各种暗示，各式建议，忍住不要笑场，她的身子靠着墙壁徐徐滑下，他则用双膝抵住墙面以保持恰当的距离和节奏。

有人在叩门，然后朝里边喊话。请体谅一下别人！随即又冒出个声音，带着口音。完事后，他们从镜子旁的纸巾盒里抽出一打纸用力擦拭彼此，泰萨此时小声说出了一长串的国籍。

他们终于整理好了衣装，相互看了许久。这一对视意味着这一天的结束、他们的幸存以及二人间的亲密关系。万事万物怎么样？外面的世界怎么样？这需要在恰当的时间用另一次对视来总结。

随后他们走出卫生间，来到大厅。队伍现在短了不少，他们决定继续排队等。

“我觉得我们可以从这儿走去他们家，如果这是唯一的办法的话。”

“他们是我们的朋友。他们会为我们备好吃的。”

“他们会倾听我们的故事。”

“他们会告诉我们他们知道的事情。”

“超级碗。比赛现在在哪儿进行？”

“温带某地，在阳光和阴影下进行，”他说，“在千千万万的叫喊声中进行。”

蹲在小房间里的女士抬起头看着他们，又一组面孔和身体，一整天了，人们一直站着、说个不停、听个不停，时时刻刻盼着有人来告诉他们要去哪儿、要见谁、过哪条走廊、进哪扇大门，而她点了点头，仿佛一早就知道他们是谁，以及他们想要什么。

她好像粘在自己坐的凳子上了。

“我们的飞机，我们经历了一场迫降，”泰萨说，“他受伤了。”

吉姆耸立在这位女士跟前。他向前侧身俯下把伤口指给她看，好似一个在课间休息时受伤的中学男生。

“我对实际意义上的人类身体无能为力。不想看也不想摸。我会把你们送到检查室去，”她说，“那里会有专业人员，要么给你检查下，要么把你送到别人那儿去。凡是我今天遇到的人都有故事要说。你们俩的是空难。其他人的则是废弃的地铁、发生故障的电梯或者空荡荡的写字楼、被路障封锁的店面。我告诉他们，我们在这儿是处理伤患的。我待在这儿可不是为了就现状向你们提供建议。那现状到底如何呢？”

她指向一块嵌在前方墙壁里的黑屏。她是位中年妇女，穿着长筒靴、紧实的牛仔裤、一件厚实的毛衣，三根手指都戴有戒指。

“我可以告诉你们的是，无论现在发生的是什么，它已经摧毁了我们的科技。科技这个词在我看来已经过时了，早已遁入虚无。对我们的安全设备、我们的加密能力、我们的推特、我们的论坛引战帖和自动程序而言，权威在何处被僭越？数据界存在的一切都要屈从于歪曲和抄袭吗？我们就只能坐在这儿为自己的命运哀叹吗？”

吉姆还在向前弓着，给她看自己的伤口。这个女人向前微倾，扭起头来看着他。

她说："我为什么要跟你们说这些？或多或少是因为你们的飞机失事了，你们也迫切想知道发生了什么。也是因为在条件允许的情况下我本身就是个小话痨。"

泰萨说："我们在这里，我们愿意听。"

头顶的灯闪了闪便暗了下来，随即熄灭了。门诊部上下立马变得鸦雀无声。每个人都在等待着。这种干巴巴的等待中掺有一丝恐惧，因为没人确定这到底意味着什么，极端事件已接二连三地出现了，异常且漫长。

那名女士开始说话了，一开始声音很低，她向身旁的人们讲述她出生和成长的地方、父母和祖父母的名字、她的兄弟姐妹、上过的学校、去过的门诊、住过的医院，她声音中透出一种镇静，它既令人感到亲切，又混杂有歇斯底里。

他们等着。

她接着谈起了自己的第一段婚姻、第一部手机、离婚、旅行、法国男友、街头暴乱。

他们继续等着。

“没有电子邮件，”她说，稍稍后仰，手心朝上，“这大概是无法想象的吧！我们该怎么办？我们该怪谁？”

看不清她的手势。

“没有——电子——邮件。试图想象这种状况吧。大声说出来。听听它是如何被说出来的。没有——电子——邮件。”

她的头随着每个音节的声响发生微颤。有个拿手电筒的人站在门口，用光束一一扫过他们，一次又一次，没有说一个字便走了。

片刻停顿后，那位女士又开始在黑暗中讲话了，她的低语现在愈发激烈。

“越是先进的东西，越是脆弱。我们的监控系统、我们的面部识别设备、我们的图像分辨率。我们何以知晓自己是谁？我们都晓得这里的温度在下降。在我们不得不撤离时会发生什么？没有灯光，没有暖气。回家，待在我住的地方，就在一家名为‘美与真’的餐馆楼上，如果地铁和公交都停了，如果出租车也没了，如果建筑内的电梯也不能用，以及如果，以及如果，以及如果。我深爱着自己的小隔间，但我真不想死在这儿。”

她沉默了许久。灯重新亮起来的时候，光线还是那么昏暗，吉姆僵直地伫立在那儿，面无表情得像个苍白的人形机器人。

那位女士现在说话的声音正常了。

“好的，我现在看清伤口了，我可以很确定地说，你们得下去穿过长廊，到左手边第三间房去。”

她手指向那个方向，随后戴上了一双羊毛手套，又指了一遍，充满权威。

“你们看完后打算做什么？”

“我们要去见几位朋友，”泰萨回答说，“和原计划一样。”

“你们怎么去?”

“走路去。”

“去那儿干吗?”那位女士问道。

“什么干吗?”吉姆反问。

他们盼着泰萨说点什么,加入这场可怕的窘境,但她只是耸了耸肩。

在走廊尽头的一个房间里,一名年轻男子身穿一件宽大的长袍,头戴一顶棒球帽,踮着脚用棉签给吉姆的伤口抹药,然后小心翼翼地包扎。吉姆刚打算跟他握握手,随即又改变了想法。他们离开了诊所。

回到大街上,他们开始谈论起那名女子,他们曾在面包车上看见她在街上慢跑。再次见面的话,应该挺振奋人心的。大风凛冽,他们低头快步走。路上唯一见着的行人是一名男子,他步履蹒跚地推着一辆可能载有他全部家当的破旧推车。男子停了下来向他们挥手,随后向后退了几步,大步走了起来,弓着身子模仿他们走路的样子。他们也挥了挥手，没有停下脚步。在一个大的十字路口，电子交通管理器没有反应，只有一根操纵杆臂微微抬起。

他们能做的只剩继续前行。

6

未来以七倒数，未来早已到来。

六根蜡烛摆放在客厅各处，戴安娜刚刚又用火柴点燃了一根。

她说："这种情况下，在说话前我们是不是得思考一下想说的是什么？"

"半明半暗。就在大众心里的某处，"马丁说，"暂停，我们曾经有过这般感受。某种自然中断或外来侵入。我们从自己的祖父母或曾祖父母或更远的先辈那里继承而来的谨慎。人们为重大威胁所制缚。"

"我们是这样的吗？"

"我说得太多了，"他说，"我胡拼乱凑了一堆理论和猜想。"

这位年轻人现在站在窗旁，戴安娜琢磨着他是否打算回布朗克斯的家。她想象他可能会一路走回去，经过东哈莱姆，途经某座桥。行人是否可以通行？还是说这些桥只能给汽车和公交车用？那里的一切是否还运作正常？

这么一想她便心软了，她觉得自己或许可以让他借宿一晚。就睡在沙发上，披个毯子，也没多麻烦。

用不了电炉，用不了冰箱。屋内的余温逐渐消散于四壁。马克斯·施滕纳坐在自己的那把椅子上，双目盯住黑屏。他似乎该说点什么了。这是她的直觉，她点了点头等着他开口。

他说："那我们吃点东西吧！不然的话，食物会变硬或变软，或许还有些余温，或许会凉掉，或者……管它变成什么样。"

他们思索了片刻，但也没人动身去厨房。

马丁接着说："美式橄榄球。"

这提醒了大家这个漫漫午后是如何开始的。他完成了一个动作，对他来说是有些奇怪。这是个慢动作，模仿的是位球员在掷球，身体稳若磐石，左臂奋力前抛，为了保持平衡，右臂则往后拉，手里紧紧扣住橄榄球。

站立此处的是马丁·德克尔，站在彼方的是戴安娜·卢卡斯，二人分别占据了房间的一端，诧异于眼前的异象。

尽管马克斯似乎还沉浸在这个姿势中，但最终还是恢复了自然站姿。他又看回了他的黑屏。一长串暂停化作寂静，让人觉得这好像是某种搞错了的常态。戴安娜等着她先生再倒点威士忌，但他无意这么做，至少现在不想。可以用简单句和陈述句表达的一切，怎么都不见了？

马丁说："我们陷入的现实，是否只是某种替代品？我刚刚说过类似的话吗？一种还不该成形的未来？"

"发电厂出故障了，仅此而已。"她说，"这么看来，不过是哈德逊河畔的一座设施的问题罢了。"

"人工智能会泄露我们是谁，还会暴露我们是如何生活和思考的。”

“等灯一亮，暖气一来，我们的集体思维就会恢复如常，大约也就是一两天的事吧。”

“人工未来。神经系统的交互界面。”

他们似乎下定了决心不看彼此。

马丁并没有对任何特定的人说话，他抛出的话题事关他的学生：来自世界各地，操着各式口音，都很聪颖，特意选修他的课。他们会接受他说的一切、布置的任何作业，以及他对物理学之外领域提出的所有论断。他曾给他们列举过一系列名词：奇迹学、本体论、末世论、认知论。他无法停止自己，形而上学、现象学、超验主义。他停下来想了会又接了下去：目的论、病理学、个体发生学、种系发生学。他们看着，听着，呼吸着凝滞的空气。这便是他们出现在此的缘由，所有人，学生和老师。

“其中有名学生复述了他做过的一个梦。这是个关于词语的梦，无关图像。两个单词。他醒来时还记得这两个词，就这么盯着空白处发呆。Umbrella'd ambuscade[①]。Umbrella加上了'd，搭配了ambuscade。他得查查后面这个词。他到底是如何梦见一个他从未遇见的词？Ambuscade。Ambush[②]。但是让一切看似真正成谜的恰恰是那个'd。两个词混在一起。Umbrella'd ambuscade。"

他停顿了片刻。

"布朗克斯的这一切，"他终于开口了，这让戴安娜笑了起来，"我就站在那儿，听着年轻的男男女女讨论问题，那些学生，我的学生，我就好奇，自顾自地好奇，该如何理解这个术语？十个人打着十把伞？准备袭击？还有，那个做这个梦的学生，他当时就这么瞪着我，好像我得对他梦见的东西负责。都怪我吧，带了个'd。"

有人敲门了。声音听着有些疲乏，电梯不能用了，人们只得爬上八段楼梯。戴安娜就站在那儿，但在伸手开门时她

---

① umbrella'd ambuscade，作者生造的词组。umbrella意为"雨伞"，ambuscade意为"伏击"。

② ambush，意为"伏击"，相较于ambuscade更为常见。

停住了。

“我猜就是你们。”

“也只能是我们吧。”吉姆·克里普斯回应道。

他们脱下外套并扔到沙发上，戴安娜指向马丁并说出了他的名字，他们握手后随便抱了抱，马克斯站在那儿抬起一只攥紧的拳头，就算打了招呼。看见吉姆额头上的绷带，他装装样子朝着上面挥了几拳。

在大家就座后，新来的客人谈起了他们的航班和接踵而至的事故，以及在市中心街道的所见所闻，电网系统，全面瘫痪。

“在黑暗中。”

“街灯黑了，店铺没电，高层建筑和摩天大楼留下的尽是些窗户，满世界的窗户。”

“一片漆黑。”

“弦月钩在夜空的某处。”

“你们刚从罗马回来。”

“我们是从巴黎回来的。”泰萨更正道。

戴安娜觉得她很美，拜父母所赐的混血，写着晦涩的诗句，宁静怡人，令人印象深刻。

这对夫妇住在曼哈顿上西区，这意味着他们需要在一片黑暗中徒步穿过中央公园，得走上好一阵才能抵达市郊。

不一会儿工夫对话就变得不自然了，为一团不安所笼罩。吉姆说话时低头看着双脚间；戴安娜则挥舞起双臂，意思是说：发生在某处的那些事件已经远远超出了他们肤浅的理解。

“食物。我们该吃点东西了，”她说，“但是首先，我很好奇他们在飞机上给你们吃了些什么。我知道自己听起来有些喋喋不休。可是，我每回这么问人的时候，他们总是记不起来。如果问上次下馆子时吃的是什么，即便是一周前，他们依旧能给出答案。那当然。饭店叫什么、主菜是什么、哪种酒、哪国产。但说到飞机餐，头等舱、商务舱、经济舱，这都不重要，人们总是不记得自己吃过什么。”

“菠菜奶酪馅的意大利水饺。”泰萨立马说。

半晌无人说话。

戴安娜接着说:“我们的食物。此时此刻。橄榄球餐。”

马丁跟着她走进厨房。余下的人静候在烛光中。泰萨不一会儿就开始慢慢以七个数为单位从二百零三倒数到零,面无表情,边数边切换语言。食物总算来了,都是马克斯早些时候备好的。五人各自坐下就餐。厨房用椅、摇椅、扶手椅、无扶手单人椅、折叠椅。没有客人在餐后提出要回家,即使吉姆和泰萨拿起并穿上了放在沙发上的大衣,他们这么做也仅仅是为了暖和点。马丁一边嚼着嘴里的食物,一边闭上了双眼。

每个人对他人而言是否都是一个谜团?无论他们多么无间地融入彼此,每个个体都会本能地将自己封闭起来,这么一来,他或她便能摆脱屋内其他人对自己的最终定义与刻板评估。

马克斯边吃边盯着屏幕看。吃完后,他放下碟子,眼睛继续盯着屏幕。他捡起地上的那瓶波本威士忌与其一侧的玻璃杯给自己斟了杯酒。他放下酒瓶,双手捧着玻璃杯。

而后他又死死地盯着黑屏。

[第二部]

现在状况清楚了：不明组织或机构远程操控了发射代码。世界上所有的核武器都出了故障。导弹无法飞越大洋，超音速飞机也无法投放炸弹。

但战争纷至沓来，条款越签越多。

网络攻击、数字信息系统侵入、生物入侵。炭疽、天花、病原体。致死和致残。饥荒、瘟疫，还有什么？

电网崩溃。我们个人的感知力正为量子所统辖。

海平面是否正在迅速上涨？每一小时，每一分钟，空气是否正在变暖？

人们是否正在重温关于军事冲突的记忆？恐怖主义蔓延，摇摇晃晃的录像中，某个人正在走近一位使馆官员，他胸前穿着一件绑了炸弹的马甲，祷告，赴死。我们所见所感的战争。

这些回忆里是否还残留有一缕怀旧？

人们开始出现在街头，起初有点紧张，不久便松懈了下来，四处闲荡，到处张望，充满好奇；男人和女人，一群不期而遇的青少年；人们彼此相伴，在这场大众失眠中，在这个难以想象的时刻。

可是，这不奇怪吗？某些人似乎接受了停电与故障。这难道就是他们一直以来梦寐以求的东西？在潜意识里，在亚原子态中。某些人，总有某些人，人类中总有微不足道的一小撮人。人类是地球这颗行星的居民，它是距太阳第三近的行星，是凡人存在的王国。

◆ ◆ ◆

“没有人会称之为第三次世界大战，但这就是事实。”马丁说。

◆ ◆ ◆

似乎所有的屏幕都黑了，到处都是。还剩些什么让我们来看、来听、来感受？有没有那么一批特选之人，他们的体内被植入了一种类似电话的东西？这是个严肃的问题，这位年轻人如是说。这是否可以抵抗全球的寂静，标记我们的每时每分每秒？这些人是谁？他们如何接听皮下来电？难不成还有一段身体代码，类似第二种心跳，用来传递当地的警告？

午夜过后，他还在讲，戴安娜还在听，其余好友也都在：吉姆·克里普斯和泰萨·贝伦斯，还有把椅子弄得嘎吱作响的马克斯。

暗能量、幻影波、黑客入侵与反入侵。

有自主决策力的大规模监控软件，时不时就自我撤销。

人造卫星追踪数据。

太空中的目标仍处于太空之中。

客厅里的所有人都披着大衣，其中三人还戴着手套，其中四个人显然在听马丁讲话，他是唯一站着的人，说话时手舞足蹈。

时间看似已然跃向未来的方式。午夜时分有没有发生什么让情况更加混乱？还有马丁音色开始变化的方式。

生化武器与拥有它们的国家。

他列出了一长串名单，但一阵咳嗽中断了他的讲述。其他人看向别处。他用手背擦了下嘴，接着检查下手，继续说下去。

某些国家。曾经都是核武器的狂热倡导者，现在讲着活生生的武器的语言。

细菌、基因、孢子、散剂。

◆◆◆

戴安娜开始意识到——马丁正操着一种口音。这声音不是他说话的方式，而是属于某位特定人士。这是马丁版的阿尔伯特·爱因斯坦在讲英语。

她无法确定他正在说的东西是否全数虚构。一些关于他的事情、他的音调、采用的口音，一种他与世界诸多事件都有联系的感觉，不论这意味着什么，无论如何他都能接收到通过审查的消息。他自己说过，有人将手机植入了身体里。

她知道这很愚蠢，所有这一切。她也了解自己以前教过的这位学生的某些内在特质，可以让这一切推断成真。

她又开始说胡话了，但这次只是喃喃自语。

她觉得无须对他人说明马丁正在使用的口音。他现在讲话更为温柔，双手仿若在爱抚每个词语。

波的结构、度规张量、协变质量。

把爱因斯坦邀进房间或许会过于复杂了。连她也不确定这些术语是否源自《1912年手稿》——马丁的圣经，他的剧本，抑或仅仅只是些游离在空气中的噪声，第三次世界大战的语言。

他要么是才华横溢，要么就是精神失常，马丁只能是这两种情况之一，但爱因斯坦不是。他列举着那批1927年于布鲁塞尔参会的科学家的名字，二十八名男性和一名女性，玛丽·居里、居里夫人，一个名字接着一个名字，接着，爱因斯坦在马丁的声音中提到他自己——坐在前排中间位置的阿尔伯特·爱因斯坦。

他现在立马将带口音的英语变成了传神的德语。戴安娜试图弄明白他究竟在说什么，但很快便无能为力了。这似乎压根就不是什么滑稽的模仿或自我戏仿。这一切都是马丁凭空想象出来的，就好像他独自站在自己公寓的镜子跟前所做的。但是，他却不在那里，他在这里，大声思考，沉入内心，不断摇头晃脑。

爱因斯坦的父母分别是保利娜和赫曼。

她理解这个简单句，但不想听了。她想让他打住，她会如实跟他说的。他站得笔直，讲话真挚得既不像他自己，也不像爱因斯坦，但这重要吗？

马克斯站起来舒展四肢。马克斯·施滕纳。马克斯。这就足以让年轻人闭嘴了。

“我们正在成为僵尸，”马克斯说，“我们正在成为木鸡。”

他走向前门，扭头跟他们说。

“我受够了。现在是周日还是已经周一了？管它二月几号。我可真受够了。”

大家捉摸不定他想说什么。

他把夹克衫拉上便径直走了出去，戴安娜想象他正在下楼梯——一阶接着一阶。她的脑子此刻正慢动作运转。她几乎觉得自己有义务替他坐到电视机跟前，等着屏幕闪动起来。

马丁又继续讲了会儿，换回英语，没有口音。

互联网军备竞赛、无线信号、反监控。

“数据外泄，”他说，“加密货币。”

在说最后一个术语时，他直直地看着戴安娜。

加密货币。

她在脑子里组建起这个词，紧密组合的合成词。

他们此时看向对方。

她重复道：“加密货币。”

她并不需要问他这是什么意思。

他说：“野蛮滋生的金钱。算不上什么新鲜事了。没有政府标准。金融系统混乱。”

“是什么时候的事？”

“此时此刻，”他回答说，“从过去持续到现在，持续至未来。”

“加密货币。”

“此时此刻。”

“加密，”她说，顿了会儿，目不转睛地看着马丁，“货币。”

在这些音节的内部，藏有某种神秘、隐蔽和私密的事物。

◆◆◆

接着是泰萨。

她说:“要是……”

这之后是一段漫长的停顿,情绪发生了转变。他们等着她开口。

“要是这一切都是某种活生生、会呼吸的幻象呢?”

“或多或少都是真的。”吉姆回应道。

“要是我们并非自己所认为的那样呢?要是在我们站着看着或坐着聊着的时候,我们所知的世界也经历着彻底的重组呢?”

她举起一只手,五指张张合合的样子好似日常的喋喋不休。

“时间是如我们这位年轻人所说的那样跃向未来吗？还是说早已崩坏？还有，街上的人群会成为快闪暴徒吗？——肆意妄为、破门而入、遍布各处、全球蔓延、拒斥过去，与所有的惯常行为和模式彻底决裂？”

没有人走向窗户朝外看。

“接下来还会发生什么？”泰萨问道，“它总是潜伏在我们感知的边缘。供电中断，技术消亡，今天这个，明天那个。我们见其屡屡反复，发生在这个国家以及其他国家，暴风频繁，野火不断，疏散疏散不停疏散，台风、旋风、久旱、浓雾、浑浊的空气。滑坡、海啸，川流止息，房屋倒塌，所有建筑崩为瓦砾，天空受污染。很抱歉，我会试着闭嘴。但每个人记忆中鲜活的部分依旧是病毒、瘟疫、机场航站楼里冗长的队伍、口罩、空荡荡的城市街道。”

泰萨注意到伴随她停顿的寂静。

“从这间公寓的一块黑屏到我们所面临的处境，到底发生了什么？是谁对我们做出了这般行径？我们的脑子都被数码重新灌录了吗？我们难道就是一次要崩盘的实验？我们是否身处自己不思之处的某种外力运作的诡计里？这并非是对这类问题的第一次探讨。这些东西科学家们早谈过了，早写过了，物理学家和哲学家也都这么做过了。”

◆◆◆

寂静的第二轮来袭让大家扭头看向马丁。

他谈起了轨道上运转的人造卫星，它可以洞察一切。我们生活的街道、我们工作的建筑、我们穿着的袜子。一场小行星雨。它们弥漫在天际。任何时候都可能发生。一旦小行星接近一颗行星便会成为流星。所有的系外行星全遭销毁。

为何不是我们。为何不是现在。

“我们该做的是好好思索下自己的处境，”他说，“不论外面发生了什么，我们依旧为人，一段文明中的人类碎片。”

他让这段话久久不散。人类碎片。

◆ ◆ ◆

泰萨开始有些出神了。她仿佛进入了这位年轻人的声音。她思考着自己。她看着自己。她与其他人不同。她想象自己褪去衣物——不带丝毫情色——向他们展露她是谁。

认真严肃。身处此地,或者身处近处的某个地方,比如卧室。他们刚与死亡擦肩而过,他们刚享鱼水之欢,他们需要睡眠,她看着吉姆,她的头微微倾向走廊。

他向戴安娜询问了下关于卧室的事。长途飞行,漫漫长日,稍微睡上片刻也是不错。

她看着他们沿走廊走着。他们在这异乱时期有些颓堕萎靡,但她对此丝毫不感意外。在经历过这一切后,他们显然需要好好睡上一觉。她努力回想今早自己有没有叠被子,是否有打扫房间。马克斯有时候会打扫，他打扫后会一丝不苟地端详一遍。

只有一间卧室，一张床，就给吉姆·克里普斯和泰萨（管她姓什么）用吧。天一亮他们就回去了。

◆◆◆

马丁又开始说话了。

“无人机战争。不要在意是哪国产的。无人机都有了自主性。”

他开始意识到留在客厅里的只有他和戴安娜了。

“无人机正在我们头顶盘旋，彼此气势汹汹地发出警告。它们以一种孤立的语言作为武器。这门语言只有无人机通晓。”

这是怎么回事——从五个人到两个人。男人保持站姿，他们彼此相望。女人意识到自己依旧受惑于加密货币。

她吐出这个词，等待他回应。

他总算开口了：“加密货币，微塑料。各个层面都危机四伏。食物、饮品和投资。呼吸，吸气，把氧气吸入双肺。走路、跑步和站立，甚至是现在飘自阿尔卑斯荒野或北极荒原最为纯净的雪花。”

“啊？”

“塑料，微塑料，已进入我们呼吸的空气中、我们饮用的水源中、我们摄取的食物中。”

她本希望听到些能够引发力比多的事情。她明白他还想说更多，她看着他，等着。

他说：“格陵兰正在消失。”

她站了起来面对着他。

她说：“马丁·德克尔。你知道我们想要什么，对吧？”

他们可以侧身移步厨房，她可以用背抵着两条垂直的冰箱门护栏，他们可以迅速完事，当作什么都没发生，在一往无前的时间里。

他解开皮带，脱下裤子。他僵在原地，手足无措，身上挂着一条杂色方格短裤，他看起来要比往常高一些。她让他用德语说点什么，他一张嘴便迅速背出一长段信息量巨大的陈述，她让他翻译一遍。

他说："资本主义是一种经济制度，在该制度中，生产资料为私人或企业所有并进行分配，生产的发展与从自由市场中所获利润的累积和再投入成比例。"[①]

她点了点头，似笑非笑，示意让他提起裤子，扣好皮带。她从模仿他扣皮带的动作中攫取着满足感。她很是清楚，跟自己以前教过的学生发生这种关系可能会在她精神上引发一阵带恶心的轻微不适，但她的肉体不会有这种反应。

她盼着他走出房间，但不论现状如何，她都不愿设想他在试图回家。什么都没有发生，他踱了三大步走到最近的一把椅子旁，在那儿坐了下来，看着空白处出神。

◆◆◆

① 见《美国传统双解词典》中"capitalism"词条的翻译。原文与其英文释义一致。

在卧室的泰萨想着要回家，待在家里，那个地方，在那儿他们总是可以视彼此而不见，过彼此而不闻，在对方说话时回复什么，单纯感受着某个熟稔的人影在耳鬓某侧厮磨出噪声。

现在吉姆在她身旁，挨着她躺在床上，酣睡着，躯体微微颤动。

她有首诗想写，明天、后天，等她什么时候完全清醒再说吧，在家里的书桌上，诗的首行在她脑子里蹦跳了好一会儿。

在翻滚的虚空中。

她一闭上眼集中精神时就会看见这行文字，看见每个词都印在一块墨黑的背景上。她缓缓睁开双眼看向前方的一切，几英尺开外的物品看着有些居高临下的感觉，一个镇纸、一张照片，还有一架玩具出租车。

吉姆现在醒了。他极其缓慢地打了个大哈欠。泰萨用一种他无法辨别的语言说了些什么，随后他才意识到这可能仅仅只是她说的胡话，某门死语言，某地方言，某种个人的言语方式（管它是什么），抑或完全是些他不懂的东西。

“家，”他总算开口了，“家在哪儿？”

◆◆◆

马克斯正走在人潮汹涌的街道上，他记起那位年轻人说过的一些话——不论他有多么抵触回忆起这些内容——他还是好奇自己此时此地看到的，是否就是重置于三维景象中的马丁·德克尔的内心的一个侧面。

人们横冲直撞，无处可去，其他城市是否也是如此？加拿大某城市里的人潮是否会汇入此处的人流？欧洲会发生这样的聚集吗？欧洲现在几点？广场上是否早已人潮涌动？成千上万的人。整个亚洲、非洲和其他地方呢？

一个个国名在他的脑子里持续翻腾，过往的行人试图与他交谈、试图与彼此交流，他想起了自己的女儿带着孩子和丈夫在波士顿，另一个女儿在某处旅行，就在这个怪异、被压缩、幽闭症般的时刻里，他忘记了他们的名字。

他倚着墙站着，观察着。

其他时候——或者说在日常生活中，总是有人盯着手机，早上如此、中午如此、晚上如此，即使走在人行道的正中央也是如此，从未留意到身旁穿梭而过的任何人，全神贯注、为之着迷、被它消磨，或许会有人冲他走过来然后猛地拽身走开，但他们现在没得看了，所有这些数码成瘾者，手机都黑屏了，一切都没了，没了，没了。

他告诉自己该回家了，他应该在黑压压的人群之中挤出条路，人们缩着身子抵御严寒，每分钟身侧都逝过千张面孔，人们推推搡搡、挥舞拳头，小骚乱此起彼伏，咒骂声不绝于耳。他又多站了几秒钟，活动了下双肩做热身准备，决心一回到住所就好好数数——要爬回公寓到底有多少级楼梯。他从前做过这事，但数十年没做了，他开始好奇这么做的意义何在。

随即，他潜入鼎沸的人潮。

◆ ◆ ◆

戴安娜——待在家中某处——正尽力憋住一连串嘎吱作响的小嗝。

她说:“智利某处。”

这似乎意味着什么,但她也没琢磨明白。她看着马丁,然后看向另外二人,他们从卧室走出来。那个男人张口打哈欠,那个女人近乎穿戴整齐,穿着一双短袜但没有穿鞋。戴安娜咕哝了几个脏字,嘲讽自己屈于当下的气氛,将卧室借给嗜性如狂的客人。

或者他们只是在休息。他们是这么说的,这也是她原本相信的。

马丁说:“帕穹山脉位于智利中北部。”

"那是什么?"吉姆问道。

"大口径全景巡天望远镜。"

他继而对这东西进行了一番解释,随后马克斯走了进来,解开夹克拉链。他们等着他说点什么。他脱下夹克,把衣服扔到地上,旁边挨着的是遥控器、他那瓶波本威士忌,还有他的空酒杯。他倒了杯酒喝了起来,这口未掺兑的纯威士忌冲得他直摇头。

街上发生了什么?那里有什么?外面都有谁?

他说:"你们不会想知道的。"

他随即举起了酒杯。

"寡妇简,"他说,"在美国橡木桶里酿制了十年。我有说过这话吗?"

他又喝了口酒,身子倾向左前,盯着泰萨的双脚。

"你的鞋去哪了?"

"它们已弃我而去。"她回应道。

大家现在感觉好多了。

◆ ◆ ◆

马丁没有说完。他补充道:“向前的时间,流淌的时间。人们得不停地提醒自己他们还活着。”

吉姆·克里普斯聆听着自己的呼吸声。他接着摸了摸自己额头上的绷带,简单检查了一下,确定它还在那儿绑着。

其余二人昏昏欲睡,泰萨和马克斯。戴安娜明白自己得在这儿听她以前教过的学生说话,他曾经也是这么听她讲话的。

“我们与这一切走向尽头之时,也许会是我拥抱自由死亡之时。*Freitod*[①]。”他说道,“但我对此是认真的吗?还是说我仅仅只是想要吸引眼球?谈到我们现在的处境,难道我

① 德语,意为“自由的死亡”。

不该回家待着，一个人宅在房间里吗？这难道不是现况给我们的警示吗？无人做出解释，无处传来消息，就该呆坐着一动不动。”

他摸了摸屁股下椅子的边沿，确认自己事实上还坐着。

“还是说我有点太自负了？”他诘问道，慢吞吞地将问题拽了出来，一双手绷得僵直，在他开始陷入恍惚之际，目光似乎渐渐缩了回去，这种状态她以前见过，觉得有些形而上学的味道。

“尽管我穷尽终生都在盼着这一切，但我对它实则一无所知。”他说。

◆ ◆ ◆

戴安娜·卢卡斯决心说点什么，尽管她也不清楚有什么会脱口而出。

"盯着空白看。跟丢了时间。躺回到床上。从床上爬起。月复一月、年复一年、数十载的教学生涯。学生会听。他们各自有着不同的背景，昏暗中的面孔，投影光，教学媒介。整个欧洲大陆上的广场在上演什么？我曾在那些地方漫步过、观览过、聆听过。我觉得自己过于愚钝。学院有位教授不久要退休。我的学生可能会有灵感，其中一位此刻就坐在我身侧。末日电影。人们在一间房内陷入困境，但我们尚未搁浅，我们随时可以扬帆而去。我试图想象那团茫茫的混乱正笼罩着外边的世界。尽管我先生不愿描述自己见着了什么，但我也能猜出街上混乱嘈杂的场面，那么，我又为何不愿站起来走向窗户朝外头看上一眼呢？但这有必要吗？这难道不正是我们之中一些人的想法吗？我们都朝着这个方向在迈步。无人诧异、无人好奇。彻底迷失了方向。一段极为有限的源代码却给出了一切，太多了。我说这些难不成只是因为午夜已过，而我却没有睡觉也没怎么吃东西？抑或因为在场的诸位也没怎么留意我现在的言论？告诉我——我大错特错了吧！有人要说上几句吗？当然没有。我还想继续教书，回到我的课堂，再好好跟我的学生们畅谈物理学原理，关于此的物理学，关于彼的物理学，关于时间的物理学，绝对时间，时间之箭，时间与空间。在我闭嘴前，我要引用《芬尼根的守灵夜》里的一句话，我一直在读这本书，断断续续，不分场所，好像永远也读不完。这句话牢牢地锁在我的心底，词语鲜活如初。在锁叩松撬门之前。[1]再补充一句。这回我要对自

① 原文为Ere the sockson locked at the dure，出自詹姆斯·乔伊斯的作品《芬尼根的守灵夜》第二卷第三章。

己说：'闭嘴吧，戴安娜。'"

◆ ◆ ◆

吉姆·克里普斯坐在椅子上俯下身，双目低垂，对着地毯说起话来，长长的双手荡来荡去。

“我们当时在那儿，坐着，快睡着了，在降落前盼着来份零食。接着麻烦就来了。我们的飞机上下震荡发出巨大轰响。我并不觉得我们快降落了，压根没见着飞机降落用的跑道。砰砰砰。我朝窗外看了一眼，什么都没有，我等着机长说点安慰话。现在泰萨就坐在我身旁，和当时一模一样。我觉得自己没看她，因为我并不想看到她脸上的神情。飞机晃动得很厉害。飞机内广播传来了声音，听着一点也不靠谱。就是这样开始的，就是这种感觉，成千上万的旅客在我们之前都经历过这类事件，然后坠入永世的寂静。这发生在我身上了吗？成千上万的人早已经历，抑或都是我东拉西扯时捏造的？这好似十几年前的旧事，但是它的确发生在今天，大约数小时前，几个小时来着？机长说着法语，我们的安全带，我们降落前的零食，我们那该死的零食去哪儿了！泰萨会法语。她给我翻译了吗？我觉得没有，她大概是为我好。抱歉现在出现这样的情况——随即就迫降了，一阵巨大的噪声，越来越响好似上帝之音——宽恕我吧——我的头撞上了舷窗，我被甩向了窗户，有人大喊起火了！一侧机翼着火了，我注意到血已经流到眼睛里了，我把手伸向泰萨，她在这儿，她在说着什么，有人穿过走道时一边被呛还一边大叫。不不不。好吧，不论如何，短话得短说，我们硬着陆后蹦蹦跳跳滑行了好一会儿，当然，我直到后来才得以将这个事件和整体系统的全面崩溃相联系。我的手抓上泰萨的手腕，她盯着我脸上的血在看。这是我第一次有机会好好思考下这件事，好好记住它。在此之前，面包车、门诊部、聒噪得没完没了的女人、那个头戴棒球帽给我包扎的男人。回到街上，一位年轻的女士在慢跑。”

◆◆◆

马克斯·施滕纳正在努力表现他的空虚。他坐在自己的椅子上，那把扶手椅，眼睛勉强睁开一条缝。

“那些楼梯。从街上的人群中撤回。回到这儿。数着楼梯。我小时候常做这件事，得数十七级。但这些数字时而会变，或者说似乎会变。难不成我数错了？世界正在收缩还是说正在膨胀？一如往昔。如今有人跟我说他们无法想象我小时候的模样。我那时还叫马克斯吗？在一个小镇长大。另一件他们无法想象的事。母亲、兄弟、姐妹。没有愤怒的人群，没有高耸的建筑。十七级楼梯。我们是租客，住在某人两层楼房的二楼。沿车库垂直有九级楼梯，再上另外八级才能到我们的公寓。一个叫马克斯的小子。忽然之间我就在这儿了，成了一名父亲，成了一个男人，他的工作便是每天穿梭于各种奢华高楼之间检查建筑地基、外部楼梯和房顶，寻寻觅觅，找出违反建筑规则的地方。我可喜欢这些违规建筑了。它印证了我对万事万物的感觉是精准无误的。现在，在这些关键时刻，我左躲右闪，用手肘在人群中挤出条路回到这条街上，回到这幢建筑里，找出我的钥匙打开前门，我并不需要提醒自己——这甚至都不值一提——电梯无法使用了，我开始慢腾腾地爬起楼来，我每上一步就朝下看一步，一段接一段，我在某刻意识到自己的手正握着楼梯扶手，我觉得它没必要放在上面，就这么爬楼数数挺好，一阶又一阶，一段接一段。我想说的是：我似乎在重走青葱岁月，但我的内心大抵是一块黑屏。只有一段段楼梯和数字——三楼、四楼、五楼，继续往上、往上、往上，最后推门而入到了走廊，从口袋里皱巴巴的脏手帕下找出公寓钥匙。既然我坐在这里我也就没什么好道歉的了，花这么长篇幅愚不可及地讲述自己是如何爬过八层楼的，因为现状让我们没啥可聊的，除了把蹦进脑子的东西讲出来，反正都是些我们记不住的东西。”

◆◆◆

泰萨·贝伦斯研究着自己的手背，仿佛在确认其颜色，她的肤色，她好奇自己为什么待在这儿，而不是世界的其他地方，在那儿说着法语或者某种破碎的海地克里奥尔语。[1]

“多年以来，已经很多年了，我都一直在一个小笔记本上记东西。各种思绪、记忆和词语，一本接一本，迄今为止已经攒了一大把，都堆在储物柜里、书桌抽屉里或者其他某处，我时而会重温往昔的笔记本，读着那些自己曾经觉得值得记录的东西，这使我惊愕不已。这些词语将我带回到逝去的时光。那堆蓝色的小笔记本，或许宽三英寸、长四英寸，

① 原文为Haitian Creole。

恰好能塞进我夹克衫的口袋，我家还有好几打尚未开封的本子，它们都等着被书写。我每回旅行都会捎上两三本，将途中的所见所闻匆匆记在纸间。这就是我的日志。对他人而言它们就是堆废纸，唯独对我意义非凡。或许是某句诗行——说不准几秒后我便会划掉，抑或是超市货架上的物品、包装设计、商品名称，掏出笔记本，抽出圆珠笔，等等。但我现在只想回家。吉姆和我。如果我们只能靠双腿，那行，好吧，那就白昼行路。阳光是否明媚？旭日是否当空？谁又晓得这有什么意味呢？我们的日常经验是否遭受悬停？我们是否正在见证自然自身的一次偏离？一种虚拟现实？它诱导我说——该闭嘴了，泰萨。当我这么说的时候，请理解这并非自我批判，而是种自大。我书写，我思考，我建议，我凝视虚空。在这样的时刻，用哲学术语展开思考与讨论是自然而然的吗？像我们中的一些人所做的那样。还是说我们得脚踏实地一些？食物、居所、挚友，可以的话就冲一下厕所？回归最纯粹的物理事物。触摸、感受、轻咬、咀嚼。身体有它自己的思想。”

◆◆◆

马丁·德克尔起起坐坐。他再次站了起来并开口说话，沉浸在自己失焦的凝视中。

“是时候叫停了，对吧？但我不断看见这个名字。爱因斯坦。爱因斯坦的相对论在大街小巷引发了一起起骚乱，难不成这都是我的想象？只是因为夜色阑珊，我没有睡觉也没怎么吃东西？在座诸位也没怎么听我发言？爱因斯坦谈的东西远远超出我们的现状，就是我所指的第三次世界大战。爱因斯坦没有预言这场大战会如何进行，但他坦言了下场重大冲突——第四次世界大战——得用上木棍和石头。狭义相对论，成书于1912年，就在一百一十年前。手稿是用的棕色墨水和不带水印的纸张，后来纸张修缮后，墨水变黑了。

这就是我脑子里盘算的事情，是好，是坏，还是更糟了？还有别的选择吗？我需要刮胡子了。这便是我的选择。我需要看着镜子提醒自己该刮胡子了。但是如果我离开客厅走进卫生间，我还会回来吗？镜像中的面容，颗粒等级的监视，技术晶体坡面，双重验证，网关追踪。我无法自已。这些术语死死包裹着我。我有时会试图以一种史前的语境来思考。一张石板图像，一张洞穴壁画。我们人类的漫漫记忆全都散成了这些细碎的颗粒。还是爱因斯坦。那令人兴奋的语言。德语，英语。‘能量决定质量。’我想同他漫步于普林斯顿大学的校园。沉默无言，万籁寂静。两个信步的男人。”

他接着说：“还有街道，这些街道。我不必走到窗前。人群消散，街巷空寥。”

青年马丁就说了这些，低头看着自己张开的五指。

“世界即万物，个体乃空无。我们都明白这个道理吗？”

◆◆◆

马克斯没有在听。他什么都不明白。他坐在电视机前，双手抱住颈背，双肘拱在前方。他继续盯着黑屏。

◆◆◆

图书在版编目（CIP）数据

寂静 /（美）唐 · 德里罗（Don DeLillo）著；夏开伟译. —南京：译林出版社，2022.10
（德里罗作品）
书名原文：The Silence
ISBN 978-7-5447-9358-2

Ⅰ.①寂… Ⅱ.①唐… ②夏… Ⅲ.①中篇小说－美国－现代 Ⅳ.①I712.45

中国版本图书馆 CIP 数据核字（2022）第 137348 号

著作权合同登记号　图字：10-2021-50 号
Cover image: Noma Bar

寂　静　[美国] 唐 · 德里罗 / 著　夏开伟 / 译

责任编辑　宗育忍
装帧设计　韦　枫
校　　对　孙玉兰　王　敏
责任印制　颜　亮

原文出版　Scribner, 2020
出版发行　译林出版社
地　　址　南京市湖南路 1 号 A 楼
邮　　箱　yilin@yilin.com
网　　址　www.yilin.com
市场热线　025-86633278
排　　版　南京展望文化发展有限公司
印　　刷　江苏凤凰新华印务有限公司
开　　本　880 毫米 ×1240 毫米　1/32
印　　张　4.125
插　　页　4
版　　次　2022 年 10 月第 1 版
印　　次　2022 年 10 月第 1 次印刷
书　　号　ISBN 978-7-5447-9358-2
定　　价　48.00 元